AF628019

Ellis Kaut, geboren 1920 in Stuttgart, arbeitete als Autorin zahlreicher Hörspiele und Kindersendungen viele Jahre für den Bayrischen Rundfunk. Hier entstand auch ihre erfolgreichste Sendereihe „Meister Eder und der Pumuckl". Bald wurde der kleine Kobold für das Fernsehen entdeckt und der Erfolg nahm seinen Lauf. Seitdem gibt es ihn in Büchern, Kinofilmen, DVDs und vielem mehr. Der Pumuckl wurde weit über die Grenzen Bayerns und Deutschlands hinaus bekannt, die Bücher wurden in zahlreiche Sprachen übersetzt. Ellis Kaut verstarb im September 2015, kurz vor ihrem 95. Geburtstag. Der Pumuckl aber lebt in den Herzen vieler Kinder und Erwachsener weiter.

Uli Leistenschneider, Jahrgang 1981, ist seit ihrer Kindheit großer Pumuckl-Fan. Um so schöner, dass sie sich nun selbst Geschichten zu dem rothaarigen Kobold ausdenken darf. Natürlich mit viel Schabernack und Reimen. Uli lebt mit ihrer Familie in Karlsruhe.

Nataša Kaiser wurde 1972 in Frankfurt/M. geboren. Bereits im Kindergarten wollte sie „Malerin" werden und kam schließlich über den Umweg Kommunikations-Design und ein Gaststudium in Amerika endlich zur Illustration. Der Pumuckl leistete Nataša schon als Kind beim Malen und Zeichnen in Form von Hörspielen beste Gesellschaft.

FSC www.fsc.org MIX Papier | Fördert gute Waldnutzung FSC® C014138

Umschlaggestaltung von Verena Schmynec, Stuttgart
unter Verwendung einer Illustration von Nataša Kaiser
Entwurf der ursprünglichen Pumucklfigur von Barbara von Johnson,
weiterentwickelt von Brian Bagnall

Unser gesamtes lieferbares Programm und viele
weitere Informationen zu unseren Büchern, Spielen,
Experimentierkästen, Aktivitäten, Autorinnen und
Autoren findest du unter **kosmos.de**

© 2020, Franckh-Kosmos Verlags-GmbH & Co. KG,
Pfizerstraße 5–7, 70184 Stuttgart
kosmos.de/servicecenter
Alle Rechte vorbehalten
Wir behalten uns auch die Nutzung von uns veröffentlichter Werke
für Text und Data Mining im Sinne von § 44b UrhG ausdrücklich vor.

ISBN 978-3-440-16561-4
Redaktion: Claudia Steinke
Produktion: Verena Schmynec
Innenlayout und Satz: DOPPELPUNKT, Stuttgart

Druck und Bindung: Finidr, s.r.o., Český Těšín
Printed in the Czech Republic / Imprimé en République Tchèque

Ellis Kaut Nataša Kaiser

PUMUCKL

kommt zu Meister Eder

Frei erzählt nach Ellis Kaut
von Uli Leistenschneider

KOSMOS

Wer den Meister Eder besuchen möchte, muss zuerst durch einen ganz normalen Hinterhof gehen. Dort findet man dann leicht seine Werkstatt. Am Haus hängt nämlich ein großes Schild, auf dem steht: *Schreinerei Franz Eder.* Über der Werkstatt hat Meister Eder seine Wohnung. Ganz allein lebt er hier und er mag sein ruhiges Leben. Ab und zu plaudert er mit den Nachbarn oder dem Postboten, oder er streichelt die Katze von nebenan. Natürlich bekommt er auch immer mal wieder Kundschaft. So wie heute.

Frau Steinhauser ist gerade auf dem Weg zum Meister Eder. Sie freut sich schon, denn heute möchte sie ihr kleines Schränkchen abholen, das der Eder für sie repariert hat. Das Schloss war kaputt.
Es ist ein freundlicher Frühlingsmorgen. Die Sonne lacht zum Hinterhof herein. Auf den Dächern zwitschern die Vögel. Die Blumen in den Kästen leuchten im schönsten Rot. Alles wirkt so friedlich. Doch der Schein trügt!

In der Werkstatt geht es schon den ganzen Morgen wie verhext zu. Ständig fallen Sachen herunter oder sind verschwunden. Erst muss Meister Eder den Schraubenzieher suchen, dann haben sich die Schrauben versteckt. Und das Schloss ist auch nicht mehr da. Meister Eder ist schon ganz durcheinander.
Da betritt Frau Steinhauser die Werkstatt. „Guten Morgen, Herr Eder“, sagt sie.
„Gut ist heute Morgen nichts“, entgegnet Meister Eder verzweifelt.
„Sie wollen sicher Ihr Schränkchen abholen.“
Frau Steinhauser nickt und schaut ihn erwartungsvoll an.
Dann sieht sie ihr Schränkchen auf der Werkbank.
„Aber es ist ja noch gar nicht fertig!“, ruft sie enttäuscht.
„Ich finde das Schloss nicht“, jammert Meister Eder.
„Überall habe ich schon gesucht.“
„Ach, Herr Eder, das macht doch nichts. Jeder verlegt mal was“,
tröstet Frau Steinhauser ihn. „Wir suchen einfach gemeinsam danach.“

Frau Steinhauser blickt sich in der Werkstatt um. Da blitzt plötzlich etwas silbern zwischen den Hobelspänen auf.
„Ich hab es!“, jubelt Frau Steinhauser und zieht das Schloss hervor.

13.01
REGAL
HR. SCHMITT
Fa. Maler
0123-
45678
ÖL
PINSEL
LEiM
2003

Meister Eder starrt fassungslos auf das Schloss. „Das gibt es doch nicht!“
„Au!“, kreischt Frau Steinhauser und hält sich das Bein.
„Was haben Sie?“, erkundigt sich Meister Eder verwirrt.
„Irgendwas hat mich gezwickt“, beschwert sich Frau Steinhauser.
„Das tut mir leid“, entschuldigt sich Meister Eder.

„Wann bekomme ich nun mein Schränkchen?“, fragt Frau Steinhauser. Meister Eder hält das Schloss fest in der Hand. Auf keinen Fall will er es noch einmal verlieren. „Wenn alles gut geht, schaffe ich es vielleicht bis heute Nachmittag“, sagt er und Frau Steinhauser verabschiedet sich.

Schnell macht Meister Eder sich an die Arbeit. Wenn das Schloss erst mal fest sitzt, kann es nicht mehr verschwinden, denkt er sich. Er will gerade die erste Schraube hineindrehen, da fliegt mit lautem Gepolter ein Kästchen voller Nägel auf den Boden. Meister Eder fährt herum. Wie kann das sein? Das Kästchen stand ganz hinten im Schrank, er hat es nicht berührt!

Der Schraubenzieher ist auch schon wieder verschwunden. Seine Brille findet Meister Eder im Regal in seiner Kaffeetasse. „So werde ich nie fertig“, brummt er und fängt an, die Nägel aufzusammeln. Plötzlich sieht er, wie der Leimtopf sich bewegt. Ganz von alleine! „Hier geht es nicht mit rechten Dingen zu!“, murmelt er.

Ob da ein Tier ist? Eine Maus vielleicht? Vorsichtig schleicht sich Meister Eder an den Leimtopf heran. Da sieht er einen roten Wuschelkopf. Meister Eder kennt keine Mäuse mit rotem Fell. Verwirrt tritt er näher. Am Leimtopf klebt ein kleines Geschöpf mit Haaren, die wild nach allen Seiten abstehen. Vergeblich versucht es sich loszumachen.

„Pfui Teufel!“, schimpft es. „Wie das klebt!“

Dann sieht es den Meister Eder und erschrickt. „Oh nein! Jetzt haben wir die Bescherung! Mach mich los! Sofort!“, kreischt es. Meister Eder glaubt zu träumen. Behutsam löst er das Wesen von dem Topf. „Wer bist du?“, fragt er.

„Ich bin der Pumuckl!“, sagt das Wesen. „Und ich bin sichtbar!“, stellt es fest. „Pumuckl?“, wiederholt Meister Eder ungläubig. „Bist du so etwas wie ein Heinzelmännchen?“

Empört sieht der Pumuckl ihn an. „Heinzel … also nein! Ein Kobold bin ich, jawohl. Ich stamme von den Klabautermännern ab. Wir sind eigentlich unsichtbar und leben auf großen Segelschiffen aus Holz. Dort necken und zwicken wir die Piraten …“

„Warum bist du dann hier?“, unterbricht Meister Eder ihn.

„Bei dir gibt es auch schön viel Holz“, antwortet der Pumuckl. „Außerdem muss ein Kobold bei dem bleiben, der ihn gesehen hat.“

„Also bei mir“, sagt Meister Eder und kann es immer noch nicht glauben. „Ich träume doch!“

Da zwickt der Pumuckl ihn ins Bein. „Au!“, ruft Meister Eder.

„Hihi, Pumuckl zwickt sehr geschickt“, kichert der Kobold.

Jetzt geht dem Eder ein Licht auf. „Du hast die Frau Steinhauser gezwickt! Versteckst du auch die ganzen Sachen?“

Pumuckl hüpft zu den Sägespänen.

„Pumuckl versteckt und keiner was meckt“, reimt er.

„Merkt!“, verbessert Meister Eder ihn.

„Das reimt sich aber nicht so schön“, sagt der Pumuckl und gähnt. „Sichtbar-Sein macht so müde!“ „Dann schlaf ein bisschen“, sagt Meister Eder. „Ich mache jetzt Mittagspause. Tschüs.“ „Tschü-hü-ssss“, antwortet der Pumuckl und es klingt schon mehr wie ein Schnarchen. Kopfschüttelnd geht Meister Eder los. Wie verrückt das alles ist! Aber der Pumuckl gefällt ihm. Er überlegt, wie er dem Kobold eine Freude machen kann. Schon hat er eine Idee und geht rasch beim *Holz-Schmidt* vorbei. Schnell hat Meister Eder das Richtige gefunden. Er bezahlt und geht weiter zum Gasthaus. Hier trifft er seine Freunde zum Mittagessen. Vergnügt pfeift er ein Lied vor sich hin und betritt das Wirtshaus.

Die Freunde von Meister Eder sind schon da. Herr Bernbacher, Herr Schmitt und Herr Bierlein sitzen zusammen am Tisch. „Hallo, Franz!“, rufen sie. Meister Eder setzt sich zu ihnen. „Ihr wisst ja nicht, was mir heute Morgen passiert ist“, sagt er. „Erzähl mal!“, sagt Herr Bernbacher und alle schauen Meister Eder gespannt an. „Also, ich habe mich die ganze Zeit gewundert, weil ständig was verschwunden war“, beginnt Meister Eder. „Mal habe ich meine Brille gesucht, dann den Schraubenzieher.

Plötzlich sind Kisten mit Nägeln heruntergefallen. Es war der reinste Spuk. Ich konnte gar nicht mehr richtig arbeiten."

„Ja, solche Tage gibt es", meint Herr Schmitt. „Aber die gehen vorbei."

Meister Eder schüttelt den Kopf. „Bei mir nicht! Auf einmal klebte da ein Kobold am Leimtopf. Ich dachte, ich seh nicht richtig. Feuerrote Haare hat er und nennt sich Pumuckl. Eigentlich ist er unsichtbar. Aber jetzt muss er bei mir bleiben, weil ich ihn gesehen habe …" Meister Eder hält inne.

Seine Freunde fangen schallend an zu lachen. „Tolle Geschichte, Franz!", johlt Herr Bierlein und haut Meister Eder auf die Schulter.

„Sie ist wahr!", beharrt Meister Eder.

„Quatsch, du hast geträumt", erwidert Herr Bernbacher. „Vielleicht bist du überarbeitet."

HOLZ
SCHMIDT

Nachdenklich geht Meister Eder nach Hause. Vielleicht haben seine Freunde recht und er hat alles nur geträumt? Na gut, denkt er sich. Wenn ich jetzt in die Werkstatt zurückkomme, werde ich ja sehen, ob es den Pumuckl wirklich gibt. Immer schneller werden seine Schritte.

Gespannt läuft Meister Eder über den Hinterhof. Vor der Werkstatt bleibt er stehen und schaut neugierig durch das Fenster. Doch er sieht keinen Kobold – wie schade! Enttäuscht betritt Meister Eder seine Werkstatt.

13.01
Regal
Herr
Schmitt
Fa.
Maler
0123-
LEIM

„Pumuckl!“, ruft Meister Eder. „Bist du da?“
Er bekommt keine Antwort. War da nicht etwas Rotes im Regal? Und hat es nicht unter dem Tisch gekichert? Verwirrt bückt sich Meister Eder, um nachzuschauen. Unter dem Tisch ist niemand. Entweder ist der Pumuckl ganz schön flink oder Meister Eder hat sich wirklich geirrt.
Da klopft es an die Fensterscheibe. Draußen steht schon wieder Frau Steinhauser. „Die hat mir gerade noch gefehlt“, stöhnt Meister Eder. „Pumuckl, wenn du da bist, dann gib mir doch ein Zeichen!“, flüstert er. Jetzt betritt Frau Steinhauser auch schon die Werkstatt. „Ich war gerade in der Gegend“, beginnt sie. Doch dann sieht sie auch schon ihr Schränkchen und lässt die Schultern hängen. „Ich bin leider immer noch nicht fertig“, sagt Meister Eder zerknirscht.

„Aber Herr Eder, das gibt es doch nicht“, meckert Frau Steinhauser. „Sie sind doch sonst so zuverlässig …“ Weiter kommt sie nicht, denn plötzlich wird eine riesige Staubwolke von dem Regal gepustet. Frau Steinhauser wird eingenebelt und muss husten. „Was ist das denn?“, fragt sie entsetzt.
„Vielleicht der Pumuckl“, antwortet Meister Eder lachend. Er freut sich riesig.
„Ich bringe Ihnen das Schränkchen heute Abend vorbei“, verspricht Meister Eder.
„Hoffentlich“, sagt Frau Steinhauser und geht schnell nach Hause.
Kaum ist sie draußen, wird der Pumuckl sichtbar. „Hihi, da läuft die Frau, vom Staub ganz grau“, reimt er.

Mit einem schnellen Griff packt Meister Eder den Pumuckl. „He!“, ruft der und zappelt in Meister Eders Hand. „Lass mich los!“ „Nein, ich mach dich jetzt sauber“, antwortet Meister Eder. Mit einem Pinsel bürstet er den Staub vom Pumuckl. „Ich bin ja so froh, dass du da bist“, sagt er dann. „Aber jetzt muss ich arbeiten.“

Meister Eder baut das Schloss ein und dann geht er los. Der Pumuckl kommt einfach mit.
Frau Steinhauser winkt dem Meister Eder schon von Weitem zu.

„Pumuckl, jetzt geh schön nach Hause“, flüstert Meister Eder. „Sonst erschrickt sich die Frau Steinhauser wieder. Wenn du brav bist, habe ich nachher eine Überraschung für dich.“

Die Augen des kleinen Kobolds fangen an zu leuchten. „Dann will ich mal nicht so sein“, sagt er und hüpft davon.

Als Meister Eder nach Hause kommt, ist es schon fast dunkel.
„Wo ist meine Überraschung?“, ruft der Pumuckl.
„Bald ist sie fertig“, verspricht Meister Eder und beginnt gleich mit der Arbeit. Der Pumuckl kuschelt sich solange wieder in die Hobelspäne hinein. „Weil ich sichtbar bin, leg ich mich ganz müde hin“, reimt er.
Meister Eder schnitzt und leimt und malt. Am Ende hält er eine kleine Schiffschaukel in die Höhe.

„Schau mal, Pumuckl", sagt er. „Die ist für dich."
„Ist die schöhööön …!", flüstert der Pumuckl verschlafen.
„Sichtbar-Sein macht wirklich müde, auch mich!", murmelt Meister Eder und geht hinauf in seine Wohnung. Und bald schlafen sie alle beide, der Meister Eder und sein Pumuckl.